ダールのおいしい!? レストラン

物語のお料理フルコース

ロアルド・ダール[原案]
クェンティン・ブレイク[絵] ジャン・ボールドウィン[写真]
ジョウジー・ファイソン／フェリシティー・ダール[編]
そのひかる[訳]

Roald Dahl

ロアルド・ダール コレクション……[別巻3]
評論社

ダールのおいしい!? レストラン
―― 物語のお料理フルコース

Roald Dahl's REVOLTING RECIPES

Illustrated by Quentin Blake
with photographs by Jan Baldwin
Recipes compiled by Josie Fison and Felicity Dahl
Text © Felicity Dahl and Roald Dahl Nominee Limited 1994
Illustrations © Quentin Blake 1994 Photographs © Jan Baldwin
Japanese translation rights arranged with
Jonathan Cape Ltd., London through
Tuttle-Mori Agency, Inc., Tokyo.
Royalties from this book will be donated to The Roald Dahl Foundation
whose aims are to help in the areas of neurology, haematology and literacy.

ロアルド・ダール コレクション[別巻3]
ダールのおいしい!? レストラン
──物語のお料理フルコース

2016年9月10日 初版発行

- 編　者　ジョウジー・ファイソン／フェリシティー・ダール
- 画　家　クェンティン・ブレイク
- 写　真　ジャン・ボールドウィン
- 翻訳者　その ひかる
- 装　幀　川島 進
- 発行者　竹下 晴信
- 発行所　株式会社評論社
  〒162-0815 東京都新宿区筑土八幡町2−21
  電話　営業 03-3260-9409／編集 03-3260-9403
  URL　http://www.hyoronsha.co.jp
- 印刷所　凸版印刷株式会社
- 製本所　大口製本印刷株式会社

ISBN978-4-566-01433-6　NDC933　88p.　173 mm×117 mm
Japanese Text © Hikaru Sono, 2016 Printed in Japan
落丁・乱丁本は本社にておとりかえいたします。

謝辞

挿絵を描いてくれたクェンティン・ブレイク、レシピを考えたジョージー、写真を撮ったジャン、原稿をタイプしてくれたウェンディとリンダ。常に私を信頼してくれた編集者トム・マシュラーたち。デザイナーのポール。ロアルド・ダール慈善トラストを代表して、みなさんに感謝します。そして、最愛の夫ロアルド。あなたのインスピレーションなしには、この本は生まれませんでした。

料理人からのひとこと

このレシピは、みんなで作って楽しむためのものです。でも、ナイフを使ったり、熱いものをあつかう時、フードプロセッサーを使う時などは、危険ですから、必ずおとなの人についていてもらってくださいね。材料は、食料品店、スーパーで手に入るものを使いました。

訳者からのひとこと

日本で手に入らない材料は、それに代わるものを記しておきました。試作して下さった杉山操子さんに感謝します。

まえがき

おもてなし

　絶妙なタイミングで人をもてなすのがロアルドの生きがいでした。彼の手にかかるとだれもが最高の貢物を受け取る王様の気分にさせられました。

　ごちそうはさまざま。ベッド脇に置いてあるあめの大ビンからつまみ出したワインガムひとつのこともあれば、なじみの魚屋にそっと出向き、自分で用意したロブスターや牡蠣がテーブルに乗っていることもありました。

　家の菜園で取りたての野菜や野で摘んだマッシュルームひとかご、みごとなトチの実ひとつ等。

　もてなしのひとつには、こんなこともありました。とつぜん学校を訪ねて先生方を大慌てさせたのです。子どもたちは、喜んだと思いますよ。

ロアルドが亡くなる少し前、だれかが「ダールの本に出てくる食べ物で、子ども向けの料理本を書いてみたら」と言ったのです。ロアルドは、顔をおおい「ああ、リシー、そんな大変な仕事、考えただけでゾッとするよ」と言いました。

　数週間後、紙のたばが私の机の上に乗っていました。ロアルドの作品に出てくる食べ物がすべてぬき書きされて。紙の上にはこんなメモが。「すごいアイディアだけど、こんなもの実際に作れるのかね」

　でも、私はやりとげました。『ダールのおいしい!? レストラン』は、ロアルドの本の中のおいしいけれどゾッとする食べ物をかたちにあらわしたものです。クェンティン・ブレイクが、この本で果たしてくれた役割は、はかりしれません。関わってくれたみんなのおかげで、この本はこの上もなく楽しいものになりました。

1994年　ジプシーハウスにて
フェリシティー・ダール

お料理のリスト

最初に出す料理
グリンピースのスープ　　10
ジョージの魔法のくすりチキンスープ　　31
屑滓混ぜの亀虫卵　　56
キャベ屑よだれ煮　　62

スナック
おばけキュウリ　　14
オニオンリング　　19
藪蚊の足としびれメダカのフライ　　20
大きな大きなワニ　　28
雀蜂の針のせトースト　　66

メインコース
ミミズ・スパゲッティ　　12
生泥バーガー　　17
烏のパイ　　22
アッホ氏のひげづら　　42
ヘンゼルとグレーテルのスペアリブ　　52
ブヨブクのニワトリ　　72

ケーキとデザート
ブクゼニのドーナツ　　26
クローカン・アイスクリーム　　34
ホット蛙　　39

子供部屋用なめられる壁紙　45
ブルース・ボッグトロッターのチョコレート・ケーキ　59
寒い日のためのホット・アイスクリーム　78

のみもの
ピーチジュース　51
バタースコッチ　54
泡立ちエキス　64

菓子類
イチゴ風味のチョコレート・ファッジ　8
トッフィーアップル　36
しゃぶる糖衣えんぴつ　48
食用マシュマロ枕　69
おしゃべり両親用ねばつきキャンディー　75
ワンカのとろりめちゃうまめろめろファッジ　81
ヘアトッフィー　84

『チョコレート工場の秘密』より

イチゴ風味のチョコレート・ファッジ

くいいじのはった子ども 10 人にたっぷりな量

[用意するもの]

- 20×25 cmの浅い焼き型
- クッキングシート
- 大きな鍋
- 料理用温度計
- 木のスプーン
- ぬき型

- グラニュー糖　　　　450 g
- 無塩バター　　　　　100 g
- 無糖練乳　　　　　175 mℓ
- 食紅　　　　　　2〜3滴
- ストロベリーエッセンス
　　　　　　　小さじ ½ 強

・チョコレート　　　　100ｇ
（とかして、ファッジにつけるためのもの）

［作り方］
1．焼き型にクッキングシートをしき、バターをぬる。
2．大きな鍋に砂糖、バター、練乳をいれ弱火にかける。
3．砂糖がこげつかないように、つねにかきまぜながら、118℃になるまで5分ぐらい弱火で煮る。
4．鍋の火を止め、泡がおちつくまでかきまぜ、食紅とストロベリーエッセンスを加える。
5．木のスプーンですばやく打つように3分ぐらいかきまぜ、水分をとばす。
6．焼き型に流しいれ、固める。表面をなめらかにするには、熱湯にひたしたパレットナイフを使う。
7．ぬき型でファッジをくりぬき、とかしたチョコレートに片面をひたす。または、しぼり袋を使って、もようで飾る。

『魔女(まじょ)がいっぱい』より
グリンピースのスープ

4〜5人分

[用意(ようい)するもの]
- 大きな鍋(なべ)
- フードプロセッサー
- こし器(き)

- バター　　　　　　25 g
- アサツキ(小口切り)12本分
- ジャガイモ（さいのめに切る）　　　　　　小1こ

- ニンニク（つぶす）　1かけ
- グリンピース（冷凍でも良い）　スープ用　　350 g
　　　　　　　　かざり用　　175 g
- チキンスープストック
　　　　　　　　　　　　900 ㎖
- 塩・コショウ
- 生クリーム　　　　150 ㎖
- フランスパン

［作り方］
1．大きな鍋にバターをとかす。
2．アサツキ、ジャガイモ、ニンニクを加える。
3．ふたをして、弱火でこげないようにときどきまぜながら、10分間加熱する。
4．グリンピース、スープストック、塩、コショウを加え、煮立つまで強火、後は弱火で15分間煮る。
5．火からおろし、フードプロセッサーにかける。
6．こし器でこして、きれいな鍋に移す。
7．かざり用のグリンピースを加え、やわらかくなるまで煮る。生クリームを加えて、必要なら塩・コショウする。
8．あたためておいたうつわにそそぎ、あつあつのフランスパンをそえて出す。

『アッホ夫婦』より
ミミズ・スパゲッティ

4〜5人分

[用意するもの]
- 大きな鍋
- フードプロセッサー

ソース用
- ヒマワリ油　　　大さじ2
- タマネギのみじん切り
　　　　　　　　　1こ分
- セロリのみじん切り2本分
- ニンニク（つぶす）1かけ
- 缶詰のトマト　　　400g
- トマトピューレ　大さじ1
- パセリのみじん切り
　　　　　　　　　大さじ1

	スパゲティ用
・ベイリーフ　　　　　1枚	・オリーブオイル　小さじ2
・砂糖　　　　　　小さじ1	・カールしたスパゲッティ
・おろしたニンジン　　2本	50g
・塩・コショウ	・三色スパゲッティ　225g
	・おろしたチェダーチーズ
	170g

[作り方]

1. 鍋にヒマワリ油を入れて熱し、タマネギ、セロリ、ニンニクをやわらかくなるまでいためる。
2. ニンジン以外のソースの材料をぜんぶ加え、煮立つまで強火、あとは弱火で30分間煮る。
3. ベイリーフをとりのぞき、フードプロセッサーにかけてなめらかなソースを作る。
4. 鍋にもどし、塩・コショウで味をととのえる。
5. 大きな鍋に湯をわかし、オリーブオイルと塩を加えたら、三色スパゲッティは長いまま、カールしたスパゲッティは長いものなら3つに折って、ゆでる。
6. ソースをあたため、ニンジンを加え、さっと火をとおす。
7. 人数分の皿にスパゲッティをもり、ソースをかけ、おろしたチーズで飾る。

『オ・ヤサシ巨人 BFG』より
おばけキュウリ

8人分

[用意するもの]

- やさいの皮むき器または、ペティナイフ
- リンゴの芯とり器（丸いタイプのもの）
- 特大キュウリまたはウリ　　2本
- 缶詰のツナ　　100g
- トマトのみじん切り　　1〜2こ分
- キュウリのピクルスのみじん切り　　3本分
- マヨネーズ　　大さじ3
- けしの実　　大さじ1
- 塩・コショウ

飾(かざ)り用

- マヨネーズ
- 塩味(しおあじ)のポップコーン
- けしの実

[作り方]
1. キュウリの皮をむいたら、ペティナイフなどで、縦に数本の溝を入れる。
2. 同じく、数か所に小さなくぼみをくりぬく。
3. キュウリの両はしを4cmほど切り、中の種をとりのぞく。
4. キュウリの両側から芯くりぬき器で、中味をくりぬき、真中5cmは、あとで栓として使うので、とっておく。
5. たけの高いコップなどにキュウリを立てて30分ほど置き、よぶんな水分をのぞく。
6. ツナの水気を切り、トマト、ピクルス、マヨネーズ、けしの実とあわせ、好みで塩・コショウする。
7. スプーンでキュウリの中に詰め、すき間がないように、スプーンの柄で、押しこむようにする。
8. 4の栓をさしこんで、本体とはじをくっつける。
9. キュウリの外側の溝に、マヨネーズをぬり、けしの実をスプーンでふりかける。
10. くぼみに少量のマヨネーズをおき、ポップコーンをはりつける。けしの実をふってもよい。

ひとこと：中に詰めるものは、タラモサラダ、クリームチーズ、スモークサーモンとチャイブなどでもおいしい。

　ソフィが言うには、このおばけキュウリは、カエルの皮とくさった魚の味がするそうです。BFGは、ゴキブリとナメクジのような味、と言っています。あなたは、どう？

『おばけ桃が行く』より
生泥バーガー

ハンバーガー 10こ分

[用意するもの]
・ボウル

・牛ひき肉　　　　　　　700g
・みじん切りタマネギ
　　　　　　　　　　1こ分
・みじん切りパセリ
　　　　　　　　　大さじ4
・トマトピューレー
　　　　　　　　　大さじ3
・ウースターソース
　　　　　　　　　　　大さじ1
・ケイパー　　大さじ2〜3
・洋がらし　　　　大さじ2
・塩・コショウ
・とき卵　　　　　　　1こ分

[作り方]
1. ボウルに牛ひき肉を入れる。
2. 卵以外の材料をぜんぶ加え、まぜあわせる。
3. とき卵を加え、よくねりあわせたら、10この生泥バーガーをつくる。
4. グリル（またはテフロン加工のフライパン）を熱しておき、片面を4〜5分間、うらがえして4〜5分間焼く。
5. パンの間にキュウリといっしょにはさめば、最高の味。

オニオンリング
(生泥(なまどろ)バーガーのつけあわせ)

[用意するもの]
・大きなポリ袋(ぶくろ)
・タマネギ　　　　　　1こ
・塩を少々ふり入れた粉(こな)
・植物油(しょくぶつゆ)

[作り方]
1. タマネギの皮(かわ)をむき、2～3㎜の輪切(わぎ)りにしたら、それぞれの輪を、ばらばらにしておく。
2. ポリ袋に粉を入れ、タマネギを入れたら、袋をふって粉をまぶす。袋からタマネギをとりだし、よぶんな粉をはたいておく。
3. 植物油を熱し、タマネギが黄金色(こがねいろ)になり、カリッとするまで、揚(あ)げる。

『おばけ桃が行く』より
薮蚊の足としびれメダカのフライ

18こ分

[用意するもの]
- フードプロセッサー
- ラップ
- クッキングペーパー
- フライパン
- キッチンペーパー

- 骨と皮をとりのぞいた生タラの切り身　225g
- みじん切りショウガ　大さじ2
- 小口切りアサツキ　10本分
- コーンスターチ　大さじ½
- 塩・コショウ
- 卵白　1こ分
- 食パン　6〜8枚
- ゴマとけしの実
- 植物油

[作り方]

1. タラ、ショウガ、アサツキ、コーンスターチ、塩・コショウをフードプロセッサーでまぜあわせる。
2. そこに卵白を加（くわ）え、さらにまぜあわせる。
3. できあがったペーストを、パンに厚（あつ）くぬる。
4. ゴマとけしの実をたっぷりふりかける。ナイフの腹（はら）で軽（かる）くたたくようにして、ゴマとけしの実をおちつかせる。
5. パンの耳を切ったのち、3等分（とうぶん）にする。
6. 切ったパンを、間にクッキングペーパーをはさみながら、重（かさ）ねる。ラップでくるみ、冷蔵庫（れいぞうこ）で30分ねかせる。
7. フライパンで植物油を熱（ねっ）し、けしの実がついた側（かわ）を下にして、黄金色（こがねいろ）になるまで揚（あ）げる。ひっくり返して、うら側も同じように揚げる。
8. キッチンペーパーにとり、油（あぶら）を切る。

『アッホ夫婦』より
鳥のパイ

4〜6人分

[用意するもの]
- 大きな鍋
- パイ用深皿（マンケ型という 570 ml のもの）

- パイファネル（＝パイの煙突：パイの中の蒸気を逃がす。クロウタドリの形をしたものが好ましい）
- めん棒

- 精白玉麦（タピオカで代用してもよい）　　　15g
- バター　　　　　　　25g
- タマネギみじん切り1こ分
- 七面鳥の胸肉の細切り　　　　　　　　　450g
- ブタのひき肉　　　350g
- お好みでフレッシュセージのみじん切り　大さじ2
- サワークリーム　　150mℓ
- 無糖ナチュラルヨーグルト　　　　　　　150mℓ
- コーンスターチ　大さじ1（小さじ1の水でとく）

- チキンスープストック　　　　　　　　75～100mℓ
- 卵2こ（1こはとき卵、他は固ゆでにしてみじん切り）
- 塩・コショウ
- ハムのみじん切り　　50g
- 市販のパイ生地　　250g
- 卵黄　　　　　　　1こ分
- 葉をむしったパセリの茎　　　　　　　　　　8本
（または、こよりを食用色素で染め、先が足に見えるように作って、こげ目をつける《写真参照》。これは前もって作っておく）

[作り方]
1. 精白玉麦を 20 分間水にひたしておく。
2. 大鍋にバターをとかし、弱火でタマネギがしっとりと、やわらかくなるまでいためる。
3. 七面鳥の肉を加えて、強火にし、黄金色になるまで、手早くいためる。
4. 火からおろし、ブタのひき肉を加え、よくまぜる。
5. セージ、サワークリーム、ヨーグルト、水ときコーンスターチ、スープストック、とき卵を加え、塩・コショウし、よくこねあわせる。
6. マンケ型の中央にパイファネルを置き、こね合わせておいた材料を、そのまわりに詰める。
7. ハムのみじん切り、次にゆで卵のみじん切りを全体にふる。
8. オーブンを 200 ℃にあたためておく。
9. パイ生地を 2 mm の厚さにのばすが、パイ全体をおおう大きさまでのばすことが、かんじん。
10. マンケ型のふちのはばと長さに合わせて、パイ生地をひも状に切り、皿のふちに卵黄をぬり貼り付ける。さらにその上にも卵黄をぬる。
11. ふたの役目をするパイ生地を、めん棒を使って、その上にのせる。
12. 中央に十字の切りこみを入れ、生地をのばさないように注意しながら、トリのくちばしをひき出す。
13. パイ生地を皿のふちにきちっと押しつけたら、余分の生地を切り落とす。ふちに数か所の切りこみを入れる。
14. パイ生地につや出し用の卵黄をぬり、精白玉麦をちらす。

15. パイ生地の残りをひも状にしたものをミミズの形にし、トリの口にはさみ、卵黄をぬっておく。
16. 冷蔵庫で10分間ねかせる。
17. オーブンで30〜40分間、またはパイ皮がふくれて黄金色になるまで焼く。
18. トリの足に見えるように、パセリの茎を1対ずつパイにつきさす。足先に見えるように先をあぶってもいいし、こよりを使ってもいい。

『すばらしき父さん狐』より

ブクゼニのドーナツ

あたたかいうちに食べるのが最高。

12〜14こ分

[用意するもの]

- ラップ
- ドーナツ用ぬき型（直径3cmと直径6cmのもの各1）
- キッチンペーパー
- 小さなボウル
- めん棒
- のし板

- ブラウンシュガー　　100 g
- 無塩バター　　　　　 50 g
- 卵　　　　　　　　　 1こ
- 小麦粉　　　　　　　450 g
- ベーキングパウダー
　　　　　　　　　大さじ ½
- シナモン　　　　小さじ ½
- 塩　　　　　　　 1つまみ
- 熱湯　　　　　　　大さじ2

・バニラエッセンス　　　　　　・植物油（揚げるためのもの）
　　　　　　　　小さじ ¼　・グラニュー糖（仕上げにま
・牛乳　　　　　　　75 ㎖　　ぶす）

［作り方］
1．砂糖とバターを色が白っぽくなり、クリーム状になるまでまぜる（フードプロセッサーやミキサーを使ってもいい）。
2．卵をとき、1に少しずつ加えながら、よくまぜあわせる。
3．残りの材料をぜんぶ加える。やや固めだが、つぶつぶのないようにまぜる。
4．ラップにくるみ、最低2時間冷蔵庫でねかせる。
5．ドーナツ生地を二つに分け、ひとつは冷蔵庫にしまっておく。
6．打ち粉をしたのし板に生地を置き、小麦粉をまぶしためん棒で5㎜の厚さにのばす。ぬき型で、できるだけたくさんぬく。
7．はんぱになった生地を集めて、ふたたび5㎜の厚さにのばし、型でぬく。残りの半分を冷蔵庫から出して、同じようにする。
8．植物油を190℃に熱する（はしをつけると、まわりに泡ができるくらい）。
9．型でぬいた生地を少量ずつ油に入れ、片面が黄金色になったら、うらがえす。
10．キッチンペーパーにとって、余分の油を切る。
11．ボウルにグラニュー糖を入れ、ドーナツを少しずつ入れてゆすりながら、砂糖をまぶす。

『どでかいワニの話』より
大きな大きなワニ

食卓中央の飾り物用1ぴき分

[用意するもの]
- 針金でできたハンガー
  （フックの部分は取りのぞく）
- つまようじ
- 長いおぼん、または長い板
- パレットナイフ

ワニの材料
- 大きなバゲット（胴体用） 1本
- 皮をむいたアーモンド（歯にする） 100g
- ホウレンソウのペースト（ワニの皮用） 400g
- アーティチョーク（うろこと眼窩用） 2玉
- ハム（舌用） 1枚
- 固ゆで卵（目にする） 1こ
- 黒オリーブ（黒目にする） 1こ
- ゆでたソーセージ（足用） 4本
- キュウリのピクルス（つま先用） 16本

中に詰めるフィリング
（分量はバゲットの大きさしだい）
- 固ゆで卵 6～8こ

- 塩・コショウ　　　　　　・クレソン　　　　　　1たば
- マヨネーズ　大さじ3〜4　・アイシングシュガー

[作り方]
1. バゲットの一方のはしから全体の長さの1/3まで横半分に切れ目を入れる。これが口の部分になる。
2. もう一方のはしから横半分に切れ目を入れていくが、まん中の1〜2cmを首の部分として残しておく。その部分を切らないように注意しながら、胴の部分を持ちあげる。
3. 胴体の上側と下側のやわらかい部分を取りのぞく。次に口のあごの部分も、ふちを幅広く残し、やわらかい部分を取りのぞく。
4. 「アーモンドの歯」を口のふちの部分にさしこむ。
5. ハンガーをふたつに曲げて口の中にはめこみ、あごが開いた状態にする。
6. ゆでたホウレンソウにスープの素やオリーブ油などを加え、ミキサーにかけて固めのペースト状にする。

7. アーティチョークを30〜40分間ゆで、さめたら、ガクをすべてはずす。中心にもじゃもじゃした花の部分が出てくるので、これを取りのぞくと、ハートとよばれるアーティチョークの芯の部分が残る。

ここまでは前もって、準備する。

8. フィリング:固ゆで卵をみじん切りにし、塩・コショウ、マヨネーズ、クレソンのみじん切りとまぜあわせる。
9. 歯がグラグラしてきたら、アイシングシュガーで固める。
10. 胴と舌:バゲットの胴の部分にフィリングを詰める。ハムを下あごに舌のように敷く。
11. 皮とうろこ:パレットナイフを使って、ホウレンソウペーストを胴全体にぬっていく。ごつごつの皮に見えるように、もようを作る。アーティチョークのガクをうろこのようにつきさす。
12. 目:固ゆで卵をふたつに切り、黄身をうらがえし、目玉が飛び出ているようにする。黒オリーブを半分に切り、黒目のようにつける。アーティチョークの芯に白身ごとつまようじで取り付け、目の位置におく。
13. 足:ソーセージを半分に開き、つまようじで胴の足の位置につける。
14. つま先:キュウリのピクルスをおく。

大事なこと

これは、パーティの飾り物として考えられたものです。
ふつうの時に食べたければ、ハンガーは使わないでください。
あごは閉じてしまいますが、味に変わりはありません。

もうひとつ、とくに子どもたちに大事なこと

ワニの目の中には、とがったつまようじがさしてあります。
けがをしないようにね。

『ぼくがつくった魔法のくすり』より
ジョージの魔法のくすりチキンスープ

6人分

[用意するもの]
・大きな鍋

・ニワトリ（内臓は取りのぞく）　　　　　　1〜2羽
（全体で2.5kgぐらい）
・タマネギ　　　　小4こ
・マッシュルーム　　100g
・ニンジン　　　　大3本

・ポロネギ（長ネギでもいい）　　　　　　　2本
・タラゴン（生のものならみじん切り）　小さじ3
・塩・コショウ

[作り方]
1. ニワトリ1羽を4つに切り分け、タマネギ2こはざく切りにする。大鍋にトリとタマネギを入れ、材料がかくれるぐらいの水を加える。
2. 煮立つまで強火、次に中火にして水の量が半分になるまで煮る。その間、アクをすくう。ふたたび材料がかくれるまで水を足して、水の量が半分になるまで煮詰める。ここまでで4時間ほどかかる。

3. こし器でこす。1.5〜1.75 ℓ のスープができるはず。
4. 骨から肉をはずし、ざく切りにしておく。もし時間があれば、骨を水から煮て、スープをとり、加えればさらに味はよくなる。
5. 残りの野菜すべてをざく切りにし、タラゴンといっしょにスープに加え、やわらかくなるまで煮る。
6. 塩・コショウで味をととのえる。
7. 食卓に出す前に肉を加え、あたためる。

『少年』より
クローカン・アイスクリーム

　作ってから2日ほどすると、パリパリした食感がなくなってしまうので、ご注意！

4～6人分

[用意するもの]

- キッチンホイル
- オーブン用天板
- フライパン
- めん棒
- ポリ袋
- 木じゃくし
- バター　　　　　　　　25 g
- アーモンド（皮をむいてあらくきざんだもの）　75 g
- 砂糖　　　　　　　　150 g
- バニラアイスクリーム　　　1 ℓ

[作り方]

1. クローカン（アーモンドタフィー）をはじめに作る。キッチンホイルを天板にしき、うすく油をぬっておく。
2. バター、アーモンド、砂糖をフライパンに入れて、まぜておく。
3. フライパンを中火にかけ、こげないように注意しながら木じゃくしでまぜる。
4. 黄金色になったら、油をひいたホイルの上にあける。
5. すっかりさめるまで、そのままおく。
6. ポリ袋の中に入れて、めん棒でたたいて小片にする。
7. アイスクリームをやわらかくし、クローカンが全体にいきわたるようにまぜる。
8. 再びこおるまで、フリーザーに入れる。

『チョコレート工場の秘密』より
トッフィーアップル

　食べる直前に作ること。1時間もしたら、コーティングがたれてきそうになる。

４人分

[用意するもの]
- メロン用くりぬき器
- カクテル用ようじ
- 小さな鍋
- 料理用温度計
- ボウルに水と氷を入れ、冷蔵庫で冷やしておく。

- リンゴ　　　　　　　　　４こ
- 水　　　　　　　　　大さじ ½
- グラニュー糖　　　　　100 g
- バター　　　　　　　　25 g

[作り方]
1. くりぬき器を使って、リンゴ３こからできるだけ沢山のボールをくりぬくが、必ず一部分に皮がついているようにする。
2. くりぬいたボールの皮の部分にようじをつきさす。
3. 小鍋に水、砂糖、バターを入れ、ときどきかきまぜながら、中火にかける。砂糖がとけたら強火にし、160℃まで煮立たせる。栗色になったら火からおろし、泡が消えるまで待つ。
4. 泡が消えたら、すばやく、くりぬいたリンゴをひとつずつキャラメルにつける。平均についたら、冷蔵庫から取り出した氷水に、30秒ほどつける。
5. 残しておいたリンゴに、つぎのページの写真のようにつきさす。

『おばけ桃が行く』より
ホット蛙

　レーズンは2時間ほど前から、オレンジジュースにつけておく。カスタードクリームも準備しておく。作り方は最後に。

6〜7人分

[用意するもの]

- えんぴつ
- 厚紙（ボール紙など）
- はけ
- キッチンバサミかナイフ
- クッキングシート
- メロン用くりぬき器または、スプーン
- めん棒

- 市販のパイ生地　　250g
- 青リンゴ（切った断面が手のひらぐらいのもの）　　　　　　　　　3〜4こ
- ミンスミート1びんまたは、オレンジジュースにひたしたレーズン　200g

- 卵黄1こを大さじ1の牛乳とまぜあわせたもの
- 蛙の目玉用レーズン（オレンジジュースにひたす）　　　　　　　　12〜14こ

カスタードクリーム用

- 卵黄　　　　　　　　2こ
- 砂糖　　　　　　　　60g
- 小麦粉　　　　　　　30g
- 牛乳　　　　　　　250㎖
- バター　　　　　　　15g
- バニラエッセンス　　少々

- カスタードクリームに緑の食用色素で色をつける。

[作り方]
1. 胴体が手のひらぐらいの大きさの蛙を、厚紙に書いて切りぬき、蛙の型紙を作る。
2. オーブンを200℃にあたためておく。
3. パイ皮を2㎜の厚さ（500円玉の厚み）にまでのばす。
4. 型紙を使って6～7ひきの蛙の形にパイ皮を切りぬく。
5. パイ皮の蛙のおなかに当たる部分を数箇所、フォークで軽くつついてあなをあけておく。
6. リンゴをたて半分に切る。
7. くりぬき器かスプーンで、種と芯をくりぬく。
8. くりぬいた所にミンスミートまたは、レーズンを小さじ山盛り1ぱいつめる。

9. 牛乳でといた卵黄を、はけでパイ生地にぬる。
10. リンゴの切り口を下にして、蛙のおなかの上にのせる。
11. レーズンの目をはりつける。
12. クッキングシートに粉をうすくはたき、蛙をのせる。
13. オーブンで15〜20分、またはパイ皮がふくらんで黄金色になるまで焼く。
14. 緑色のカスタードを皿にしいた上に、蛙をのせて出す。食用色素のかわりに、抹茶を使ってもよい。

[カスタードクリームの作り方]

1. 卵黄2こに砂糖60gを入れてまぜあわせる。
2. 次に小麦粉60gをまぜあわせたら、熱した牛乳250gを注いでまぜ、うらごしする。
3. バター15g、バニラエッセンス少々を加えて煮あげる。

『アッホ夫婦』より

アッホ氏のひげづら

この料理は残りものを整理するときにぴったりだが、そうでないときは次の材料で作る。

4人分

[用意するもの]

- 大きめのだ円形の浅い皿

- ジャガイモ　　　　　　大2こ
- バター　　　　　　　　1かけ
- 牛乳　　　　　　　　　少々
- カクテルソーセージ　　8本
- マッシュルーム中1こか、
　トマト（鼻にする）　　¼こ
- 固ゆで卵（目にする）　1こ
- オリーブ（半分に切って黒
　目に使う）　　　　　　1こ
- マッチ棒サイズのポテト菓子（ひげと髪の毛用）
- プリッツ
- グリンピース　　　　　50g
- ベークドビーンズ　　150g
- トマトケチャップ
- 食パン（トーストしてまゆげに使う）　　　　　1きれ
- マッシュルームの笠（半分にして耳にする　中1こ
- 小さく丸めたパン、または松の実（歯にする）　6こ

・おろしチーズ　少々
・グレービーソース（あれば）

[作り方]
1. ジャガイモの皮をむき、熱湯に入れてやわらかくなるまでゆでる。水気を切り、バターと牛乳を加えてつぶし、マッシュポテトにする。
2. ソーセージとグリンピースはゆでて、マッシュルームはいためる。鼻にトマトを用いるときは、種をのぞいたあと、果肉を鼻の形に切る。
3. 大きなだ円形の浅皿の上に、少量のマッシュポテトで顔の下地を描く。
4. 目：ゆで卵のからをむき、半分に切る。黄身をひっくりかえして丸くなったほうを上にする。半分に切ったオリーブを黒目にする。
5. まゆげ：トーストを切って、まゆげにする。（アッホ氏のまゆげは、まん中でくっついているので、そのように作る。）
6. 鼻：焼いたマッシュルームを垂直に半分に切り、切り口を上にして鼻の形におく。
7. 耳：マッシュルームを半分にしたもので作り、耳の位置におく。
8. 髪の毛とひげ：残りのマッシュポテトで髪の毛とひげの下地を作る。マッチ棒サイズのポテト菓子をまんべんなくさしこんでいく。

9. 口：ソーセージ3本をつないで口にする。口のはしになる部分は残し、ほかの部分に切れ目をまっすぐ入れる。
10. 歯：指でパンを小さく丸めて歯の形にしたものを、ソーセージの切れ目にさしこむ。パンのかわりに松の実を使ってもよい。
11. ひげ：残っているポテト菓子や、ソーセージ（小さく切る）、プリッツ、グリンピース、ベークドビーンズ、トマトケチャップなどで飾りつける。
12. 180℃／190℃のオーブンで10〜15分焼く。
13. おろしチーズをひげの部分に散らす。好みでグレービーソースをかけてもよい。

『チョコレート工場の秘密』より
子供部屋用なめられる壁紙

　この壁紙は、かわくのに1〜2日かかるので、前もって作り、用意しておく。1週間はじゅうぶんもつし、くるくる丸めておける。

6本分

[用意するもの]
- フードプロセッサー
- 耐熱ガラスの小さなボウル
- 鍋
- ラップ
- めん棒
- 焼き網

- 厚切りの干しリンゴ　125ｇ
  または干しアンズ　125ｇ
- ブラウンシュガー（なければ砂糖）　大さじ½
- 水　大さじ2
- 粉ゼラチン　小さじ1

デコレーション用
- 生のくだもの
- とかしたチョコレート
- 飾りつけ用アイシング
- 食用花　など

　ライスペーパーで作る壁紙もおいしい。ライスペーパー2枚をそれぞれ6㎝のはばに切り、あとの2枚はそれぞれ4㎝はばに切る。大きい片の上に小さい片を中心を合わせておき、その上にデコレーションをする（日本では四角いライスペーパーは手に入りにくいので、丸いもので代用するとよい）。

[作り方]
リンゴまたはアンズの壁紙

1. 干しリンゴと砂糖をフードプロセッサーにかけ、リンゴが細かいつぶになるようにする。アンズを使うときは、砂糖を入れずにフードプロセッサーにかける。
2. 耐熱ボウルに分量の水を入れ、粉ゼラチンをふり入れる。そのまま5分間おく。
3. 煮立ったお湯を入れた鍋でボウルを湯せんにかけて、ゼラチンをとかす。
4. ゼラチンがとけたら、リンゴ、またはアンズのピューレの中に少しずつ加えながら、よくまぜる。
5. さめたらピューレをボール状にまとめ、ラップの上にのせて、手でそっとのばし、四角形にする。
6. その上に別のラップをかぶせ、めん棒を使って厚さ1.5mmにのばす(あかりにかざすと、すけるぐらい)。
7. 焼き網の上にのせてから、やぶらないように注意して、上のラップをはがす。
8. しっかりかわくまで、あたたかいところにおいておく。
9. 8時間ほどたったらうらがえし、もう一方のラップをそっとはがしたあと、ふたたびかわかす。
10. 同じはばに切りそろえ、その上に生のくだもの、とかしたチョコレート、アイシング、食用花などを飾る(写真を参考にしよう)。

『チョコレート工場の秘密』より

しゃぶる糖衣えんぴつ

6人分

[用意するもの]

- 中くらいの鍋
- 料理用温度計
- 20 cm×25 cmくらいのケーキの焼き型に油をぬり、クッキングシート（オーブンペーパー）を底とまわりに、はりつけておく。
- バターをぬったナイフ
- えんぴつ　　　　　　6本
- ねんど、またはオアシス（花を挿すもの。花屋さんで売っている）。
- 砂糖　　　　　　　225 g
- 水　　　　　　　150 ㎖
- クリーム・ターター（酒石酸水素カリウム）、なければクエン酸　　1つまみ

・バニラエッセンス　　少々
・食用着色料（赤、青、黄色などのものがある）　少々

[作り方]

1. 鍋に砂糖と水を入れたら中火にかけ、砂糖がとけるまでかきまぜる。
2. 火を強め、ふっとうしそうになったときにクリーム・ターター（またはクエン酸）を入れ、温度計をつっこむ。
3. 121℃まで温度を上げる。かきまぜないこと。
4. 火からおろし、香料と食用着色料を加える。このとき、かきまぜすぎないように。非常に熱いので注意！
5. 焼き型に流しこむ。はしのほうは、まんなかより早くさめるので、さめかかったらバターをぬったナイフで内側に折りこむようにするが、ここでもまぜてはいけない。
6. すばやく、えんぴつの長さの2/3までをこの中につけたら、そうっとえんぴつを回しながら持ちあげて、自分の好きな形にととのえる。ほとんどかたまったところで、ねんどかオアシスにつきさしておく。
7. 指のあとがついてしまうので、かわくまでキャンディにはさわらない。
8. 1本1本、このようにして作っていく。

ひとこと：もっとたくさんの糖衣えんぴつを作る場合は、この分量の単位で何回にも分けて作ること。1回の分量をふやして作ると失敗するよ。

『おばけ桃が行く』より
ピーチジュース

4〜6人分

[用意するもの]
- フードプロセッサー
  (または、ミキサー)

- 缶詰の桃　　　　　　1缶
- 缶詰のマンゴー　　　1缶
- レモン汁　　　　　　1こ分

あるいは、
- 生の桃（皮をむく）　6こ
- 生のマンゴー　　　　½こ
- レモン汁　　　　　　1こ分

[作り方]
1. すべての材料をフードプロセッサー（またはミキサー）にかける。グラスにそそぎ、氷を入れる。氷がとけないうちに飲もう。

『まぜこぜシチュー』より
ヘンゼルとグレーテルのスペアリブ

4人分

[用意するもの]
- オーブン用の天板
- スペアリブ　　　　675 g
- ウースターソース　　大さじ1
- しょうゆ　　　　大さじ1
- マスタード　　　大さじ1
- トマトケチャップ　　大さじ1
- ハチミツ　　　　大さじ1
- タマネギのみじん切り　中1こ分
- 塩・コショウ

[作り方]
1. オーブンを 220℃ にあたためておく。
2. スペアリブを天板におく。
3. 調味料全部と、みじん切りのタマネギをあわせ、ナイフでスペアリブ全体になすりつける。
4. オーブンに入れて、1時間ほど焼く。30分たったら、ひっくりかえして、しみだした肉汁をスプーンでスペアリブにかける。

ひとこと：写真のようによく焼いて、少しかためのバリバリした感じにするのがよい。

『チョコレート工場の秘密』より
バタースコッチ

約 700 ㎖（コップに 3〜4 はい分）

[用意するもの]

- 大きな鍋
- 大きな水さし
- 泡立て器
- ラップ

・バター	25 g
・グラニュー糖	25 g
・ゴールデンシロップ、なければハチミツかメープルシロップ	25 g
・低脂肪乳	600 ㎖
・無糖ヨーグルト	75 g

[作り方]

1. バター、グラニュー糖、ゴールデンシロップ（またはハチミツかメープルシロップ）を入れた鍋を弱火にかけ、ずっとかきまぜながら砂糖をとかす（約10分間）。砂糖がとけたら牛乳を少量加え、水さしにうつす。
2. 牛乳を50 ㎖ほど加えながら、泡立て器で泡立てる。次にヨーグルトを全量加えて泡立てる。
3. 残りの牛乳を加えて泡立てる。
4. ラップでおおって、ひやしておく。

ひとこと：ゴールデンシロップは、イギリスの伝統的な甘味料。現在では、日本でも輸入食品店などで入手できる。

『おばけ桃が行く』より
屑滓混ぜの亀虫卵

　予定しているパーティーなどの前日に作っておく。卵に色をつけるには、タマネギを使うか、食用着色料を使う。

4人分

[用意するもの]
- 鍋
- ボウル
- うらごし器(なければ、ざるで代用する)
- 卵　4こ
- タマネギの外側の茶色い皮　3〜4枚、または食用着色料　大さじ1
- マヨネーズ
- 塩、コショウ
- ニンジンのせん切り2本分
- クレソン　1たば

[作り方]
1. 卵を水からゆでる。
2. ふっとうしたら火を弱めて10分間ゆでる。火からおろし、つめたい水でひやしてから（これがかんじん）、水気をふきとる。
3. スプーンの背でたたいて、卵のから全体にひびを入れる。
4. **タマネギを使った色づけ**：鍋にタマネギの皮を入れ、ひびを入れた卵をその上にのせたら、かぶるくらいの水を加える。火にかけ、煮たって、液が茶色になるまで約1時間煮つづける。火からおろし、5の手順に進む。
   食用着色料を使った色づけ：ボウルかガラス容器に卵を入れ、かぶるくらいの水を加えたら、食用着色料を大さじ1ぱいほど入れる。
5. 液につけたまま、最低8時間〜一晩おいたのち、卵のからをむく。
6. 卵を半分に切り、黄身はとりだして、うらごしし、少量のマヨネーズであえる。黄身は、次のようなものとまぜてもよい。みじん切りにしたハム、おろしチーズかクリームチーズ、みじん切りにしたピクルス、ウースターソース、カレー粉、トマトソースなど。塩・コショウをすること。
7. 黄身を白身にもどす。皿に、せん切りのニンジンとクレソンを巣に見たててしき、その上に卵をのせる。

ひとこと：もし、くさい卵にしたかったら、さらにパルメザンチーズ（粉チーズ）をふりかけると、汗くさいソックスのにおいにできる！

『マチルダは小さな大天才』より
ブルース・ボッグトロッターのチョコレート・ケーキ

1～8人分

[用意するもの]
- 直径21cmのケーキ型
- クッキングシート、またはグラシン紙
- 耐熱ボウル
- 鍋
- 竹ぐし
- 粉ふるい
- 焼き網
- パレットナイフ（あるいはナイフ）

- 良質のダークチョコレート　225g
- 無塩バター（室温にもどしておく）　175g
- グラニュー糖　225g
- 小麦粉　大さじ4
- 卵　6こ

デコレーション用
- 良質のダークチョコレート　225g
- 生クリーム（乳脂肪の多いものがよい）　225g

[作り方]
1．オーブンを180℃にあたためておく。
2．ケーキ型の底とまわりに油をぬり、クッキングシート（またはグラシン紙）をはりつける。
3．耐熱ボウルにチョコレートを入れ、煮たった湯を入れた鍋の中で湯せんにしてとかす。あるいは電子レンジでとかしてもよい。

4. その中にやわらかくしたバターを入れ、よくまざりあうまでかきまぜる。
5. 小麦粉と砂糖をいっしょに粉ふるいでふるって加え、次に軽く泡立てた卵黄を加える。
6. 卵白をかたく泡立てる。つのが立つくらいまで。
7. 卵白の半量を5に入れ、切るようにしてじゅうぶんにまぜあわせる。
8. 残りの卵白を入れ、つぶさず切るようにまぜる。
9. ケーキ型に流しこみ、オーブンで約35分焼く。ケーキの上側にうすい膜ができ、竹ぐしをさして中がネバッとした状態でオーケー。さめるとかたまり、しっとりした軽いケーキになる。
10. ケーキ型に入れたまま、焼き網の上にのせてさます。
11. さわれるぐらいにさめたら、型からはずして、まわりのクッキングシート（グラシン紙）をはがす。

12. 耐熱ボウルに、デコレーション用のチョコレートと生クリームを入れ、3と同じように湯せんにする。ときどきかきまぜながら、チョコレートが完全にとけてクリームとまざるようにする。
13. デコレーション用のチョコレートが人肌ていどにさめたら、パレットナイフ（あるいはナイフ）で、ケーキ全体にぬる。ケーキはまんなかがしずみこみやすいので、デコレーションする前に、上下さかさまにする。
14. 切り分けるまで、すずしい場所においておく。

『おばけ桃(もも)が行く』より
キャベ屑(くず)よだれ煮(に)

2人分

[用意するもの]
・鍋

・バター　　　　　　　　25 g
・卵（軽く泡立てる）　　2こ
・コンソメスープ（缶詰か、
　お湯に固形スープをとかし
　たもの）　　　　　　410 g
・塩・コショウ

[作り方]
1．鍋にバターを入れ、火にかけてとかす。
2．卵を加え、かきまぜながら、いり卵を作る。
　　　コンソメスープをそそぎ、煮立つまで弱火であたためる。
3．スープ皿にとりわける。好みで塩・コショウする。

ひとこと：缶詰のスープの味が濃い場合は、水をたしてかげんする。

『オ・ヤサシ巨人BFG』より
泡立ちエキス

4〜6ぱい分

[用意するもの]
- フードプロセッサー
- うらごし器
- 大きな水さし

- キウイフルーツ（皮をむく） 8こ
- ライム（あるいはレモン） 果汁1½こ分
- レモネード（あるいはレモン味の炭酸飲料） 200㎖
- 飲むヨーグルト（イチゴ味かラズベリー味） 100㎖
- ソーダ水 300㎖
- あればビタミンCの錠剤（水に入れると泡が出るもの） 1錠

[作り方]
1. キウイフルーツとライム（レモン）果汁をフードプロセッサーにかける。
2. うらごし器でこしながら、大きな水さしにあける（種が入ってもかまわない）。
3. ヨーグルトを加えてよくまぜる。
4. 少しずつレモネード（レモン味の炭酸飲料）を加える。
5. ソーダ水を加えたのち、よくまぜる。
6. 飲む前に、子どもたちの目の前で、発泡性のビタミンC錠を入れ、泡立つところを見せたら、グラスにそそぐ。

ひとこと：飲むヨーグルトのかわりにふつうのヨーグルトを使う場合は、1で加える。緑の食用着色料を1滴たらすと、効果はばつぐん。

『おばけ桃が行く』より
雀蜂の針のせトースト

16こ分

[用意するもの]
- 小形の丸いぬき型
- クッキングシート
- ボウル
- へら

トースト用
- 室温にもどしたバター　　　　　　　　　　60g
- シナモンパウダー　　　　　　　　　　小さじ½
- 白いパン　　　4まい

雀蜂の針用
- ココナッツの細切り　65g
- アイシングシュガー（あるいは粉砂糖）　25g
- ゴールデンシロップ（またはハチミツ）　15㎖
- レモンの皮（すりおろしたもの）　¼こ分

［作り方］
1．バターとシナモンをよくまぜあわせる。
2．1まいのパンから、4この丸い型をぬく。合計16こできる。
3．クッキングシートの上に50gのココナッツをひろげ、アイシングシュガー（粉砂糖）をまぶす。
4．このシートを、あたためたオーブンで焼き、砂糖が茶色っぽくなったら、へらでココナッツをひっくりかえす。ようすを見ながらこの作業をくりかえし、ココナッツをカリッとさせる。
5．これをボウルにあけ、ハチミツとすりおろしたレモンの皮を加えてよくまぜる。
6．残りのココナッツを軽く煎って、5に加える。
7．丸くぬいたパンの両面をトーストする。
8．パンの片面にシナモンバターをぬり、上にカリカリの、雀蜂の針に見たてた5をのせる。

ひとこと：ゴールデンシロップが手に入らない場合は、なるべくくせのないハチミツで代用する。

『チョコレート工場の秘密』より

食用マシュマロ枕

　このお菓子は、マシュマロが完全にかわくまで時間がかかるので、食べる予定の2日前に作っておく。

10〜15人分

[用意するもの]

- 中くらいの鍋
- 小さい鍋
- 料理用温度計
- 大きめの耐熱ボウル
- ハンドミキサー
- クッキングシート
- めん棒
- 19cmくらいの菊のタルト型（ふちが波型になったタルト型）
- 直径12cmくらいのボウル
- 細いはけ

マシュマロの枕カバー用

- ゼラチン　　　　　75〜100g
- 冷水　　　　　　　　75㎖
- グラニュー糖　　　　375g
- お湯　　　　　　　　170㎖
- 泡立てた卵白　　　　1こ分
- コーンスターチ　　　25g
- アイシングシュガー（粉砂糖）　　　　　　　　25g
- ミニマシュマロ　　　200g
- アイシングシュガー100gを5㎖の湯でといたもの

枕のフリル用

- 市販のシュガーペースト　　　　　　　　　450g
- 卵白　　　　　　　　1こ分
- 食用着色料

[作り方]

1. 小さな鍋に分量の冷水を入れ、ゼラチンをふり入れる。
2. 底の厚い中くらいの鍋に砂糖と湯を入れ、弱火にかけて静かにまぜながら、砂糖をとかす。
3. とけたら火を強めて煮立たせ、118℃になったら火からおろす。
4. ゼラチンの入った小さな鍋をごく弱火であたため、煮立たせないように注意しながらゼラチンをとかす。
5. 耐熱ボウル（材料がくっつかないように、水にくぐらせておく）に、とけたゼラチンを流し入れる。この中に3の砂糖のシロップを少量ずつたらしながら加える。このとき、ハンドミキサーで絶えず泡立てながらシロップを加えていく。
6. もったりしてきたら、軽く泡立てた卵白を何回かに分けて少しずつ加える。このときもハンドミキサーを使い、濃いメレンゲ状になるまでつづける。
7. 天板にクッキングシートをしきつめて、うすく油をひいておき、そこに6を流しこんで、24時間おく。
8. コーンスターチとアイシングシュガー（粉砂糖）をまぜたものをクッキングシートの上にふる。かたまった7をその上にあけ、くっついているシートをはがす。これで枕カバーのできあがり。
9. 市販のミニマシュマロを枕カバーの半分の部分におき、あとの半分を折りかえして、ミニマシュマロをつつむようにする。
10. 湯でといたアイシングシュガーをのりのようにぬりつけて、はじをはりあわせる。

〔枕カバーのフリルの作り方〕

1. シュガーペーストを2〜3㎜の厚さにのばす。
2. 菊のタルト型をさかさにして形をぬく。
3. その中心を丸く切りぬいて、4㎝はばの丸いリボンができるようにする(まんなかの部分は使わない)。
4. 丸いリボンを半分に切り、そっとのばしていくとフリルができてくる。はけの柄の部分を使って、ひとつひとつのフリルをのばしていく。
5. 必要な長さになるまで、この調子でのばしていく。
6. 枕カバーのはじに卵白をぬり、やぶらないように気をつけながら、はけの柄でおさえつけるようにして、フリルをはりつけていく。
7. くっついてしまわないように、ときどきはじを持ちあげる。かわくとかたくなる。

ひとこと:かたくなったら、食用着色料少量を水でといて、もようをつけよう。どんなもようでも思いのまま!

『すばらしき父さん狐』より
ブヨブクのニワトリ

4〜6人分

[用意するもの]
- 大きな鍋
- 大きな耐熱容器
- 計量カップ

- トリの骨つき肉　　　1.6 kg
- タマネギのうす切り1こ分
- ニンジン（皮をむいて厚切り）　　　　　　　450 g
- セロリ　　　　　　　2本
- パセリの茎　　　2〜3本
- 塩
- コショウの実　　　　少々
- ベイリーフ　　　　　1枚
- チキンスープのもと　1こ
- グリンピース　　　　150 g

パセリのソース用
- バター　　　　　　　60 g
- 小麦粉　　　　　　　60 g
- 牛乳　　　　　　　450 ml
- チキンスープのストック
  （作り方の6でとったもの）
- パセリのみじん切り
  　　　　　　　　大さじ6
- 塩・コショウ

ダンプリング（だんご）用
- ・小麦粉　　　　　　　100 g　・つなぎの水
- ・スエット（牛脂）　　　50 g　・塩・コショウ
- ・スイートコーン（好みで）50 g

[作り方]
1. トリ肉を鍋に入れ、グリンピース以外の材料を全部加える。
2. トリ肉が3/4かくれるくらいの水を加え、きっちりふたをする。
3. 煮立つまで強火、次に火を弱めて1時間半ほどコトコト煮る。
4. トリ肉をとりだし、さましておく。スープはこしておく。
5. ニンジンを別皿にとっておく。
6. スープの脂肪分をていねいにすくいとり、900 mlのスープをはかってとっておく。
7. トリから肉をむしりとり、皮をとりのぞいたあと、適当な大きさに切る。

〔パセリのソースの作り方〕
8. 耐熱のキャセロール用容器、あるいは大きい鍋にバターをとかし、小麦粉を加える。まぜながら1分間いためる。
9. さきにはかってとっておいたスープ900 mlと牛乳をいっしょにしたものを、少しずつ8に加えながらのばす。絶えずかきまぜながら1分間煮て火からおろす。大さじ5 1/2のパセリを加える。

〔ダンプリングの作り方〕

10. 小麦粉、スエット、好みでスイートコーン、塩・コショウ少々をまぜあわせる。なめらかな生地ができるだけの冷水を加えてこねる。小麦粉を手にはたき、生地全体を12こに分けて、だんご状にまとめる。
11. パセリのソースをあたため、とり肉、ニンジン、グリンピース、ダンプリングを加える。
12. ふたをして、約20分、ダンプリングがふわふわ浮きあがるまで火をとおす。
13. 残しておいたパセリのみじん切りをふって、供する。

ひとこと：ダンプリングのかわりに、マッシュポテトを使って、モグラの盛り土に見たててもよい。

『チョコレート工場の秘密』より
おしゃべり両親用ねばつきキャンディー

10〜12こ分

[用意するもの]
- しぼりだし袋(口金つき)
- シリコンオーブンペーパー またはクッキングシート
- 焼き網
- 卵白　　　　　　　　2こ分
- 塩　　　　　　　　　1つまみ
- 砂糖　　　　　　　　100 g
- 固めのキャラメル　　1箱
- 食用着色料

[作り方]
1. オーブンを140℃にあたためておく。
2. 卵白に1つまみの塩を加え、雪のように白くなるまで泡立てる。
3. 砂糖を数回に分けて加えながら、つやが出て、つのが立つまで泡立てる。
4. 口金をつけたしぼりだし袋に、できあがった3(メレンゲという)を入れる。

5. シリコンオーブンペーパーの上に少量しぼりだす。その上にキャラメルをのせ、キャラメルがかくれるように、さらにメレンゲをしぼりだす。
6. 同じようにして、12こ作る。
7. かわいてカリッとするまで約1時間オーブンで焼いたら、とりだして焼き網にのせて、さます。

ひとこと：最後の砂糖を加えるときに、食用着色料を少量加えて色つきにしてもよい。

『チョコレート工場の秘密』より
寒い日のためのホット・アイスクリーム

6人分

[用意するもの]
- 耐熱皿（直径25cm、深さ5cmくらいのもの）
- ジャマイカジンジャーケーキ（または市販のスポンジケーキ） 1台
- 缶詰の桃 420g
- アイスクリーム 1ℓ弱
- ショウガのシロップづけ 少々
- 卵白 3こ分
- 塩 1つまみ
- グラニュー糖 175g

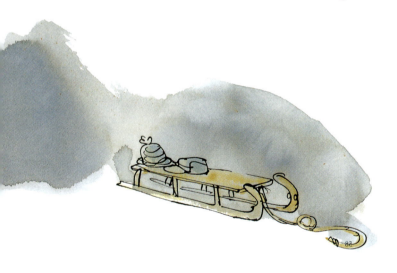

[作り方]

1. オーブンを 230 ℃ にあたためておく。
2. 卵白に塩1つまみを加え、雪状になるまで泡立てる。次に砂糖を数回に分けて加えながら、つやが出て、つのが立つまで泡立てる。
3. ジャマイカジンジャーケーキを横に3等分にスライスする。それぞれを、さらに3等分に切り分ける。丸いケーキの場合は、適当に細長くなるように切る。
4. 3で切り分けた9きれそれぞれに、缶詰の桃のシロップをはけで少量ぬる。
5. 耐熱皿に9きれを立方体になるように重ねる。
6. スライスした桃を均等にケーキの上にならべる。
7. みじん切りにしたショウガを、2で作ったメレンゲにまぜあわせる。
8. アイスクリームをスプーンですくって、桃の上にのせる。
9. アイスクリームの上にメレンゲをのせ、ケーキ全体をおおう。
10. オーブンに入れて、黄金色になるまで焼く(だいたい3〜5分)。
11. 取り出したら、すぐ食べる。

ひとこと:おしゃれな演出をしたかったら、レードル(おたま)にブランデーを少量入れ、あたためて火をつけてケーキにかける。ジャマイカジンジャーケーキやシロップづけショウガは日本では手に入りにくいので、代用品で。

『チョコレート工場の秘密』より
ワンカのとろりめちゃうまめろめろファッジ

[用意するもの]
- 耐熱ガラスのボウル
- 鍋
- 20 cm×25 cmの浅い焼き型に油をぬり、クッキングシートをはっておく。
- シリコンオーブンペーパーまたはクッキングシート
- ダークチョコレート（小さく割っておく） 200 g
- バター 50 g
- ゴールデンシロップ、またはハチミツかメープルシロップ 75 mℓ
- たたいて細かくしたバタークッキー 175 g
- うすくスライスしたアーモンド 75 g
- ライスクリスピー 25 g
- バニラエッセンス 2〜3滴

コーティング用ナッティクランチ
- アーモンドのみじん切り 50 g
- グラニュー糖 100 g
- 水 大さじ2

コーティング用ミルクチョコレート
- 小さく割ったミルクチョコレート 200 g

［作り方］

1. 耐熱ガラスのボウルに、チョコレート、バター、ゴールデンシロップ（またはハチミツかメープルシロップ）を入れ、煮立った湯を入れた鍋で湯せんにする。あるいは、電子レンジの強に1分半かけてとかす（電子レンジによってことなるので、ようすを見ながらとかす）。
2. この中に、軽く煎ったアーモンド、くだいたクッキー、ライスクリスピー、バニラエッセンスを加え、よくまぜあわせる。
3. 焼き型に入れ、表面がたいらになるように、フォークの背でかたくおしつける。
4. 冷蔵庫でさましたのち、チョコレートバーの大きさの棒状に切る。
5. 次にナッティクランチを作る：小さな鍋に水と砂糖を入れる。はじめ弱火で、ときどき鍋を回すように動かしながら火を強め、砂糖がキャラメル状になり、黄金色になったら火からおろす。
6. みじん切りにしたアーモンドを加え、すばやくまぜる。棒状に切ったチョコレートバーの半分の長さまでこの中につけたら、バターをぬった（これがかんじん）クッキングシートにのせて、かたまるまでおいておく。
7. ミルクチョコレートを湯せんにかけるか、電子レンジでとかす。とけたら、火からおろし、チョコレートのもう一方のはじをこの中につける。
8. シリコンオーブンペーパーにのせて、さます。

『チョコレート工場の秘密』より
ヘアトッフィー

[用意するもの]
- 大きい鍋
- オーブンの天板またはトレイに油をひいておく
- 料理用温度計
- クッキングシートかホイルかセロファン

- 無塩バター　　　　　50g
- グラニュー糖　　　　225g
- 湯　　　　　　　大さじ1
- 白ワインビネガー
　　　　　　　　　大さじ1

- ゴールデンシロップ、またはハチミツかメープルシロップ　　大さじ2
- 半分に折って、ゆでたバーミチェリ、またはスパゲッティ　　100ｇ

［作り方］

1. 底の厚い鍋にバターを入れ、火にかけてとかす。とけたら砂糖をふり入れて、火からおろす。
2. 湯、白ワインビネガー、ゴールデンシロップ（またはハチミツかメープルシロップ）を加え、弱火にかけて砂糖をとかす。このとき、煮立てないようにする。
3. ゆでておいたバーミセリ（パスタの一種で、もっとも細い棒状のもの）を加える。
4. この中に温度計を入れる。
5. ふたたび火にかけ、15〜20分間、温度計が152℃になるまで煮る。
6. できたものを油をひいた天板に流して、さます。手でさわってもだいじょうぶなくらいさめたら、フォーク2本を使って、バーミセリをからめてすくい、バターをぬった手で、ひと口で食べられるぐらいの大きさにまとめる。
7. 油をひいた天板の上のならべてさます。これをくりかえす。
8. べとついてこないように、1こずつクッキングシートかホイルかセロファンでねじり包みにする。

ひとこと：セロファンは、文房具店で売っている。

出典

『チョコレート工場の秘密』(ロアルド・ダール　コレクション2) 柳瀬尚紀訳 (評論社)

『魔女がいっぱい』(ロアルド・ダール　コレクション13) 清水達也・鶴見敏訳 (評論社)

『アッホ夫婦』(ロアルド・ダール　コレクション9) 柳瀬尚紀訳 (評論社)

『オ・ヤサシ巨人BFG』(ロアルド・ダール　コレクション11) 中村妙子訳 (評論社)

『おばけ桃が行く』(ロアルド・ダール　コレクション1) 柳瀬尚紀訳 (評論社)

『すばらしき父さん狐』(ロアルド・ダール　コレクション4) 柳瀬尚紀訳 (評論社)

『どでかいワニの話』(ロアルド・ダール　コレクション8) 柳瀬尚紀訳 (評論社)

『ぼくのつくった魔法のくすり』(ロアルド・ダール　コレクション10) 宮下嶺夫訳 (評論社)

『少年』永井　淳訳 (早川書房)

『まぜこぜシチュー』(ロアルド・ダール　コレクション17) 灰島かり訳 (評論社)

『マチルダは小さな大天才』(ロアルド・ダール　コレクション16) 宮下嶺夫訳 (評論社)

> ロアルド・ダールについてもっと
> 知りたい方は、ここへどうぞ。
> http://www.roalddahl.com

ロアルド・ダール Roald Dahl

1916〜1990年。イギリスの作家。サウス・ウェールズに生まれ、パブリック・スクール卒業後、シェル石油会社の東アフリカ支社に勤務。第二次世界大戦が始まると、イギリス空軍の戦闘機パイロットとして従軍したが、不時着し、長く生死の境をさまよった。戦後、この経験をもとにした作品で作家生活に入り、変わった味わいの短編小説を次々に発表して人気を確立。結婚後は児童小説も書きはじめ、この分野でも、イギリスをはじめ世界じゅうで評価され、愛される作家となっている。人生のモットーは──

> わがロウソクは両端から燃える
> 朝までは保つまい
> それゆえ敵に味方に照り映える
> 愉しき光の舞い
> 　　　　　（柳瀬尚紀訳）

クェンティン・ブレイク Quentin Blake

1932年生まれのイギリスのイラストレーター。16歳のとき「パンチ」誌に作品が掲載されて以来、さまざまな雑誌を舞台に活躍。また、20年以上にわたって王立美術大学で教鞭をとるかたわら、R・ホーバン、J・エイキン、M・ローゼン、R・ダールなど著名な児童文学作家との共作も数多く発表し、ケイト・グリーナウェイ賞、ウィットブレッド賞、国際アンデルセン賞画家賞などを受賞している。

フェリシティー・ダール Felicity Dahl

ダール夫人。夫が残した料理の抜書きをもとに、Q・ブレイク（絵）、J・ボールドウィン（写真）、J・ファイソン（料理）と共にこの本を作った。

その ひかる

1942年、東京生まれ。翻訳家。主な訳書に、イタリア語からの翻訳『アレクサンダー大王の遠征』、英語から『おじいちゃんへのプレゼント』（共に評論社）がある。

物語はあなたのために!

あるときはスパイ、あるときは戦闘機乗り、あるときは
チョコレート評論家、またあるときは医療装置の発明家、
それがロアルド・ダール! 彼はまた、
世界でもっとも人気のある物語作家でもあります。
『チョコレート工場の秘密』、『マチルダは小さな大天才』、
『オ・ヤサシ巨人BFG』、その他たくさんの
すばらしい作品を生みだしました。

ロアルド・ダールの名言

「よい考えを持っている人は、それが日光のように顔から
あふれだして、いつもきれいに見えるものだ」

「よい行い」がよい結果につながると信じて

ロアルド・ダール作品の印税のうち、10%*が、慈善事業に寄付
されます。子どもたちに関わる医療関係者、
困難な状況にある家族の救済、教育関係の
プログラムなどをサポートしています。

もっと知りたい人は……

roalddahl.com を検索してください。
ロアルド・ダール慈善トラストの登録番号は、1119330 です。

*第三者への手数料をのぞくすべての支払いと印税について